那年晨曦

李杨勇 著

国文出版社

·北京·

一个追求宁静而永不让自己安宁的人

老李家故事

李 茜

女儿给爸爸的书写序,这我还没见过,当然我肯定不是第一个。在家里我好像很少叫他爸爸,更多是叫老爸,或者老李。家里的春联向来都是老李自己想的,去年贴的"文章求恰好 人品归本然"是我近几年来最喜欢的一副,正如他的人生写照,横批则为每年不变的"和谐人家",恰似我们仨的故事。

"我要把他的诗编成一本诗集"

这是妈妈一直以来的一个想法。《木子校园诗》的雏形诞生于几年前的某个暑假,我放假在家无聊就跟着妈妈去上班,她在办公室神神秘秘地点开一个电子文档,名曰:李杨勇诗。那是我第一次完整地读到那么多诞生于老李笔下的诗歌,虽然之前在妈妈的"炫耀"下间或接触过一些零碎的篇章,但一次性读到这么多篇实属首次。

妈妈说,年轻时候的老李是个极其浪漫的人,常常写诗,也给她写情书,而且字迹工整从不涂改。当她翻出很多夹在旧书页里泛黄的小纸片时,我嘴上嫌弃着她的"秀恩爱"行为,心里却暗暗在想:那个时代的年轻人真是简单而热烈啊,把自己的爱与不爱、理想与现实、命运与抗争都诉诸笔端,遣词成文,执笔为剑,快意披荆。老李给她的信里有一句话我一直印象很深:"他希望你和他共享成功的快乐,但毕竟会有失败的风雨。可他相信,对你他永远奉着整个的心。"相较之下,著名翻译家朱生豪的情书也不过如此。

以真心换真心,老李的这份赤诚有个女生铭记了三十几年,从初入大学一直记到堪堪退休,她的心底始终留着这份执念。她是一位优秀的设计师,曾当选县人大代表,头顶着水利高级工程师、浙江省劳动模范、中青年科技拔尖人才、十佳最美女性、建功立业标兵、十佳满意工作人员、三八红旗手等诸多荣誉称号,也在武川大地上留下了许多惠及民生的水利工程,对电子排版却着实不太在行,只能一字一句地把手写诗歌码成文字,然后在Word里敲着空格排版成她想象中的诗集的样子。我原说了我来排版,也一直没腾出这个心思来,只照着浙工大老校区的地标建筑画了个封面,实在惭愧。

"他是个文人"

老李是村里那些年难得的大学生。读书期间，他的文科成绩便一直名列前茅，照他自己的说法是"基本不考第二"，只是高考报志愿时，偏啥也不懂就跟着"潮流"报了化工专业。理工科专业的学习并没有让他放下手中的笔——课业之外的他是学生会主席，还是"晨曦"文学社主编，无论是自省、思友、咏物还是言爱，他依旧以笔墨行经纬，凭诗文论乾坤。

说到"晨曦"，不免多唠一嘴。我在浙江大学上学时主编过一本名为《花YOUNG年华》的杂志，假期回家时听妈妈提起，说老李学生时期也"干过这一行"，便兴冲冲跑去三楼纸板箱里翻这"古物"。现在回想起来其实并不记得里头什么具体的诗文内容了，但那颗充满希望的"晨曦"的种子确实种在了我心上。再之后便是在思琦婚礼当晚，老李和一群工学院同学相聚永康宾馆，十几个人也顾不上坐着舒不舒服，只满满当当挤在一个标间里，就着泛黄的灯光回忆峥嵘。忘了是谁说了一句：

"启明星投进运河，带来一片晨曦！"

我就这样突然寻得了"晨曦"的起源，意料之外却又情理之中。那时的感觉很难描述，仿佛真真瞥见了三十年前朝晖校区里那群挥斥方遒、激扬文字的少年，真好。

工作之后老李的日子变得忙碌，在我依稀的幼时记忆里，总是不乏父母的早出晚归，不过除了出差，妈妈大多能回家睡，老李可就不一定了。从小到大，我们家里书一直很多，搬家也舍不得扔，老李常和人说："家里这些书我是都看过的，不是买来就摆着放的。"他看书很杂，儒释道兼修，文史哲皆涉。厚重的岁月积淀将传统儒家文化刻进了他的骨血，也融入了他的生活和工作中，他与佛教的因缘、对佛学的感悟也是很多人所没有的。他记性很好，看过一遍的东西都记得清楚，这让身为文科生的我很是惭愧，也很是羡慕。在政协的那段日子大概是他工作后难得的空闲时光，看书、锻炼、思考人生、沉淀自己。

现在的他实在太忙了，看书的时间少，更不常写诗，但有时兴致上来了还是会忍不住动笔。譬如二十五周年同学会的时候，他的同学王涛乘兴在微信群里赋诗一首，名曰《再别同学》。同窗相聚加上故土情深，老李看得诗兴大发，不由和了一首《相约武义》，把武义的山水和梦里的青春都糅进诗中，仿佛又回到二十几岁意气风发的日子，只是字里行间少了一些张扬，多了一些温情。再譬如2017年代表武义前往纽约接受"全球绿色城市"荣誉称号的时候：初至纽约，步入联合国大厦，目睹曾经只出现在电视新闻里的讨论、颁奖和发言，当主人公成为自己,他更加深刻地感受到了肩上的责任。《相约纽约》诗二首便是在这样澎湃的心境下流淌出来的,带着奔涌的、一往无前的力量。这两首诗的初稿是写在纸上的,老李拍照给我,让我给他录入成电子版,然后在手机上一字一字地抠细节,至少修改了五六遍吧。不知怎么突然想起这些细枝末节,大约是从中窥见了一些老李身上抹不去的"文人风骨"。

我们仨

因为工作关系,老李经常跑杭州,却因为距离远、时间紧、事情多等诸多情况,并不常来看我,我总调侃他是"数过家门而不入"。前些天他原只报告了一声说来杭州了,晚上竟"突袭"来看我!他带着微醺进门,听我笨拙地弹了一首练习曲,拉着我和钢琴拍照,然后坐在沙发上说起了他和他的诗,那时候我就想,该是要动笔写些什么了。

都说诗人是最敏感的群体,一阵风吹来,别人觉得冷,他会觉得痛。《那年晨曦》里的二十出头的"小李",敏感地体味着世间万物和内心百感,感受着最美好的,也经历着最痛苦的。它不像鲁迅的《朝花夕拾》那样是站在中年去回忆过往,多少带着些历经岁月后的芜杂情绪,而是直接地展示了一个年轻人面对当下世界的憧憬、忧愁、爱恨和思考。抛却父女这层关系，单作为一个读者，我对比"老李"早些年和近几年的诗，还能感受到他一路走来的成长：年轻时的他虽有苦闷，却始终是向上的姿态，是中流击水、浪遏飞舟的青年；跋涉至今，他的文字依旧乐观，字里行间也变得更豁达了。这或许便是岁月的力量吧，让一个"男孩"变成"男人"，变成我的爸爸、妈妈的丈夫，变成一直以来伴我成长最坚实的臂膀，一路走来携手家庭风雨同行最伟岸的山石。

其实老李还有很多其他文字，也公开发表过几篇小说，然既是诗集，就不一一收录了。这本诗集的打印版被我和妈妈当作生日礼物送给了老李，这次正式出版，是妻子对丈夫的深情，也是女儿对父亲的孝心，希望老李喜欢，也希望读者喜欢。

李茜

二〇二〇年九月二十四日

目 录

武川风物

怀明招山 …………………………003

薪火明招 …………………………004

诗意青春 …………………………005

诗地田庐 …………………………006

武　风 …………………………007

武川夕照（二首）…………………008

武川即景（三首）…………………010

熟溪冬日即景（二首）……………013

武川绿道夜行借襄阳韵 …………014

武川雪景 …………………………015

钱塘源头水 ………………………016

故乡闲居（二首）…………………018

延福寺祈福（二首）………………022

坛头之光 …………………………024

流金岁月

雷峰夕照 ……………………………………029

登八咏楼 ……………………………………030

南门街开街 …………………………………031

武义铁军赞 …………………………………032

忆大院红楼 …………………………………033

大鹿岛纪行 …………………………………034

酒乡行 ………………………………………035

招商行 ………………………………………036

长安十二时辰 ………………………………037

大雁塔 ………………………………………038

朝延安 ………………………………………039

相约武义 ……………………………………040

相约纽约（二首）……………………………045

高考季风

水　仙 ……………………………………053

佳人颂 ……………………………………054

思友曲 ……………………………………055

望白水飞瀑 ………………………………056

空 …………………………………………057

秋夜月 ……………………………………058

霹　雳 ……………………………………059

咏石榴（二首）……………………………060

不凋的奇葩 ………………………………061

心　胸 ……………………………………063

春　雨 ……………………………………064

愁　思 ……………………………………065

雨　夜 ……………………………………067

杨　柳 ……………………………………068

题赠江李武 ………………………………069

愿 …………………………………………070

朝晖相映

离群的孤雁 …………………………073

玉泉·保俶塔·黄龙洞 …………………074

等 ……………………………………076

孤　鹰 ………………………………078

国　庆 ………………………………079

静　夜 ………………………………080

湖心亭 ………………………………081

看　湖 ………………………………082

秋　残 ………………………………083

别　离 ………………………………084

雪 ……………………………………086

戒 ……………………………………087

题松鹤图纸扇 ………………………088

断桥残雪 ……………………………089

平湖秋月 ……………………………090

登源口水库大坝 ……………………091

无　题 …………………………………092

赠友人 …………………………………093

薇风来了

悬　念 …………………………………097

那叶银杏 ………………………………098

钱江之夜 ………………………………100

爱的心迹 ………………………………102

紫茉莉与野蔷薇 ………………………103

赠　言 …………………………………105

相　思 …………………………………106

寄给远方的生日 ………………………107

人间草木

假　山 …………………………………113

鱼　池 …………………………………114

小　景 …………………………………115

紫　薇 …………………………………116

蜡　梅 ·················· 117

天　竹 ·················· 118

野柿子 ·················· 119

小院有感 ·················· 120

春 ·················· 121

盼　秋 ·················· 122

朱槿红 ·················· 123

兰 ·················· 125

琅琊山纪行 ·················· 126

滁州南湖灯会 ·················· 127

钟意花田 ·················· 128

后　记 ·················· 129

又　记 ·················· 135

武川风物

WU CHUAN FENG WU

怀明招山

——《明招薪火》新书首发有感

先祖竹林本逸狂

换酒蜡屐亦美谈

阮侯建刹惠安寺

德谦禅定明招山

宋庭南渡多望族

吕氏孝缘结武阳

开堂讲学群贤至

山乡从此溢书香

二〇二三年十一月八日

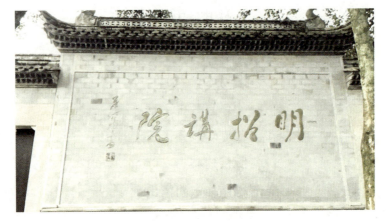

/// 武义县明招山明招寺明招讲院,南宋学者吕祖谦讲学之地

薪火明招

——明招文化传承政协委员会客厅有感

古埠文脉长　范公忧众生

坛头巷深处　窑火一心灯

遥想樵子村　疏松漏月痕

东莱著博议　诸子读书声

诗心向远野　田庐聚高朋

以文兴乡事　再起明招风

二〇二二年五月二十八日

诗意青春

——"青莲杯"全国青年诗词楹联大赛颁奖典礼
暨田庐雅集有感

炎炎三伏天　田庐濯青莲

幽幽深巷里　崇学藏书卷

晨循鸟声醒　檐横雾霭烟

夜深意犹尽　提笔撰妙联

二〇二二年七月十六日

诗地田庐

——第三届年度新诗奖颁奖典礼有感

古埠深巷本清幽

喇叭喜闹东厢头

才俊一堂唱新句

蛙声满池和月楼

二〇二三年五月三十日

/// 古村落一角

武　风

——贺2023武动泉城传统武术大会暨金华台湾武术交流活动

小雪时节起寒意

武川古城人攘熙

文昌阁下演刀剑

六峰堂前展太极

戊极螳螂神出没

少林棍棒鬼惊奇

两岸高手竞绝技

中华武术本宗一

二〇二三年十一月二十四日

武川夕照（二首）

（一）

春至武川滨　桃芳柳吐新

西峰红日泊　熟水紫霞潾

人约虹桥畔　鱼翔古堰津

襄阳如复问　风物续余秦

二○二一年三月二十四日

/// 武川夕照（一）

/// 武川夕照(二)

(二)

落日金晖霞满天　桃红樱粉各争妍

堤边垂柳随风绿　潭底锦鲤自在闲

花蕊双蜂飞碌碌　洲头群鹭舞翩翩

春意熏得游人醉　但问诗星亦忘言

二〇二一年三月二十五日

武川即景（三首）

　　虎年正月初五，雨雪初霁，四十年同窗远道来聚，酒酣意浓，相约熟溪河畔。极目所见，堤堰构设精巧，武川处处是景。触景情生，朋友说第一句，邀我即兴和咏，七步成诗。即兴即景，乡情友情，倾情流露。此《武川即景》三首之所由也！

早春

春日河畔走

黄芽驻垂柳

杜鹃迎风笑

兄弟一杯酒

/// 作者（左后）与友人于南湖堰合影

南湖堰

熟溪奔流瀑布生

雪后暖阳雾升腾

三江义聚虹桥堰

兄弟相亲惟赤诚

彩虹桥

夕阳斜照熟溪秀

三江河口一绿洲

两岸青松傲风骨

绿竹红梅契好友

/// 武川即景·彩虹桥

熟溪冬日即景（二首）

（一）

熟溪杨柳千万条

诗丝缕缕织绢绡

几树丹枫凌霜傲

欲比春江映红桃

（二）

冬日寒风彻

我却逐暖阳

溪边垂钓人

江心捣衣裳

二〇二二年十二月十七日

武川绿道夜行借襄阳韵

处暑暑将尽

大地秋露初

隐隐岭猿啸

朦朦南湖虚

凸月秉天烛

江心唱夜渔

泉城璀璨处

年少庆丰余

二〇二三年八月二十六日

/// 武川雪景

武川雪景

江南大雪送祥瑞

武川老少倾城嗨

学宫红墙裹绒装

花田旷野披素彩

最惹仙女动心处

温泉池畔雪妆梅

贵妃出浴抚香枝

赏雪赏梅谁赏谁

二〇二四年一月二十二日夜

钱塘源头水

　　源口流域为钱塘江源头支流。野蔷薇初与晓明诸君共事，相处融洽，虽调动仍情谊笃真，建群源头水，互通相携，延三十余载。国庆假期，礼华、一飞、钱塘布衣、美玲、野蔷薇并木子先后相聚清修禅寺千秋坞村晓明玉儿之秀灵山居，感山居之美、源口之缘而作。

秀灵山居山灵秀

清修禅寺禅清修

晓迎蔷薇华盈笑

千秋赏月月千秋

二〇二二年九月十二日

附：

和木子《钱塘源头水》

赵良华

秀峰叠翠蔷薇开

灵溪携玉飞华来

山巅木子迎风傲

居然晓明宴席嗨

千秋金坞满金樽

浅饮慢品四座春

把酒莫言相会少

醉眼八极皆故人

二〇二二年九月十四日

故乡闲居（二首）

（一）

周末返乡住　超然归朴真

晨醒循鸟语　夜卧听松风

懒与书做伴　闲戏鱼乐群

满野竞莲荷　一意不染尘

二〇二三年七月三十日

/// 故乡夏荷

/// 山中小寺

（二）

锦溪曳坑是故乡　民风敦厚犹泗上

水头竹翠长源流　前山五福好屏障

常思先祖拓荒苦　更喜乡邻经商忙

福海寺里传梵音　关公殿外守狮象

二〇二三年七月三十日

附:

福海寺碑记

曳坑,隶武义而居南陲,扼曳岭而驿宣处。锦溪为缎,狮象作屏,景物韶丽,山峦萃崦。户逾三百,李、陈、吴、曾,诸姓聚居,亲敦族睦,和谐共兴。

宋大中祥符二年,建福寿寺,后名福海。占地四百余,依山傍水,宝相庄严,僧人和合。清咸丰朝太平天国间,庙宇延烧,神像凋敝。民国丁亥,村民曾友文、李三南各捐瓦三千,乡人鼎助,重整泥木殿堂,奉供胡公大帝。千禧甲申,信众募资,新修大雄宝殿于寺后,供如来佛祖、文殊普贤、十八罗汉。时至辛丑,国运亨通,商贾繁荣,族人北赴苏锡常,东闯甬台温,经商致富。乡贤陈益斌倡首,发无量心,许以重资,应者云集。募缘鸠工,重建胡公祠,翻新宝殿,增观音台,拓阶广院。尤胡公祠宇,长四丈五,宽高三丈余,斗拱双檐,像设巍然。

孟冬吉时,宝殿祠宇以次落成,千年古寺涅槃重生。盛举开光,高朋满座,大德咸集,祥瑞频显。感今怀昔,梵宇重辉,文化得传,佛法布善。期吾辈勤勉自强,共图复兴,赓续道统,点亮心灯,明理明知明教,立德立功立言。功成告竣,勒碑以志。

辛丑孟冬李茜拜撰

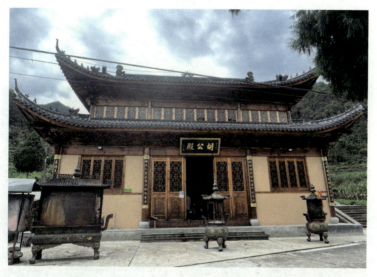

/// 武义县曳坑村福海寺胡公祠

延福寺祈福（二首）

（一）

千年古刹隐福平

宋元瑰宝惊梁林

夏公慧缘起高义

焕然延福播新音

二〇二二年十二月二十九日

/// 武义县延福寺夜景（一）

/// 武义县延福寺夜景（二）

（二）

再临宝刹沐佛光

奉敬观音三炷香

钟声悠悠传四邑

福寿绵绵祈共享

祈愿你我皆胜意

祈愿百姓享安康

祈愿武川风雨顺

祈愿中华国运昌

二〇二四年二月九日夜

坛头之光

——贺马启代诗歌月活动闭幕

喧闹的古埠已经沉寂了许久
渡船和满载山货的竹排不见了
没有了艄公的号子，挑夫的喘息
窑火里淬炼的坛坛罐罐

活了几百年，坛头感觉自己老了
身上尽长老年斑
骨头已快散架
周身的血液都已发黑，散着臭气
迷迷糊糊，只听见自己
微弱的呼吸

那天，钱塘起风了
叫什么攻城万千号
风引潮涨　潮水将古埠淹没涤荡
天边闪过一道光
一个魂灵在这里降落
洗透的坛头，开始复活，重生

风儿吹起一块小冰

掉落在这里扎根，融化

渗入老人的血液

血液在变红，透出咖啡和奶茶的香气

天空中一只雪鹰

找寻自己的远方

嘴里的雪球掉落了

那是启明星砸进武川河，泛起一片晨曦

于是，雪鹰在这里筑巢

把四处寻得的珍宝

存在那座老房子里

老屋闪耀金光，幻成魂灵安居的皇宫

一批批的人赶来了

志强带着流传千年的民俗

金生支了口柴烧的土窑

鹅卵石铺的小巷里还常有婺剧昆曲的角儿在穿梭

不少人武装着长枪短炮

还有无人机

一个留长发的男人在那座老庙前说

不嫁

那匹山东的老马也跑来了
那可是开启坛头新诗篇的好马啊
一待就四十天
天天向苍穹发问
问人道问艺道问天道
——问诗道
问黑白问风雨
问声飘向远方
穿越了江河，穿透了群山
撞出的轰鸣和回响
在武川回荡
在回应，良心
良心

今夜的坛头，群星璀璨
光芒四射
舞台背景是浩瀚的明招山　万马奔腾
领头的老马在扬鬃嘶啸
朦胧的南海矗立着一座令人惊讶的丰碑
亚洲正满天朝霞
日出东方

二〇二三年十月十一日

流金岁月

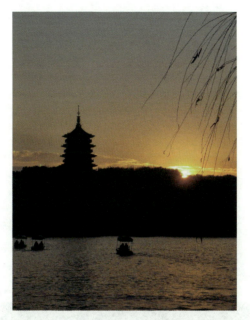

/// 雷峰夕照

雷峰夕照

清波门外漾清波　　夕照山肩熔夕阳

漫天落霞水一色　　数叶轻舟镜中央

垂柳依依语燕莺　　行客穆穆谒钱王

苏堤六桥今犹是　　雷峰古迹焕雄章

二〇二四年一月二十四日

登八咏楼

夜游古婺州　重登八咏楼

临风榭依旧　江山更风流

虹桥跨三江　彩蝶眩双眸

广场舞正劲　易安何赋愁

二〇二四年一月三十一日夜

/// 婺城区夜景

/// 武义古城南门街

南门街开街

古城又见喜　南门新开街

狮舞龙腾跃　鼓鸣乐喧天

满城灯细语　倾心享悠闲

商家忙碌碌　繁华胜梁汴

二〇二四年二月七日

武义铁军赞

武义城市更新房屋征迁取得完胜。诚为所动,记小诗一首,感谢各位战友!

城市更新大赛场
武川铁军志气昂
瘦却身上几斤肉
换得百姓新武阳

二〇二二年九月二十八日

忆大院红楼

——二〇二三城市更新侧记

小城涵养大志气

城市更新有手笔

九大区块同谋划

数千居户共签契

大院几幢红砖楼

水槽两排好浣衣

三十年前栖身地

拍张照片存记忆

二〇二三年十一月二十八日

/// 作者与妻子傅薇莉

/// 玉环大鹿岛

大鹿岛纪行

行船立秋日　登岛三伏天

沟壑硝烟迹　木麻垦荒艰

海上藏云岗　龟背观潮汐

依稀涛浪里　朦胧醒睡间

二〇二三年八月九日

酒 乡 行

才饮酒鬼酒

又闻茅台香

中华有佳酿

自古出五粮

二〇二三年八月九日

招 商 行

文灏筹谋引链企

献武率队一路西

能源国家大战略

航盛江浙有新机

四渡赤水徒双腿

三载宜宾添凯翼

川湘诸子约佳期

武阳再辟新天地

二〇二三年八月十二日

长安十二时辰

风雅长安幻金碧

谦谦士子竞作揖

春江月夜芙蓉笑

琼筵笙歌舞羽衣

酒肆偶遇太白醉

长街恭迎玄奘西

波斯商贾聚西市

大唐街巷多胡姬

二〇二四年三月三十日

/// 西安大雁塔

大 雁 塔

雁坠浮屠立　僧归梵音起
曲江流饮处　慈恩显名题
三绝传圣教　凡心逐枢机
大唐好风华　盛世仍依稀

二〇二四年三月二十七日

朝 延 安

北上驱倭寇　辗转进陕沟
凤凰著三论　宝塔耀北斗
枣园杨家岭　峥嵘十三秋
旌旆出窑洞　赤旗遍九州

二〇二四年三月二十九日

/// 延安宝塔山

相约武义

献给浙江工学院有机化工专业1986级毕业二十五周年同学会，顺和王涛《再别同学》。

2015，我们相约武义
牵手去爬山，激水
感受太极村神韵
追寻廿五年旧梦

武义多山
鹿湖山幽
大红岩峻
牛头山险
其实，我们还应去看看千丈岩的万亩翠竹
走天路，感受大莱七彩梯田和上周云海
顺道
采上几篮野生的猕猴桃
还有醉人的柿子
红了

（此照片由武义县文广旅体局提供）

武义水美

看熟水秋澄

孟浩然叩舷问渔

你说，清水湾的一潭

不是温泉，是天上虹

你甘心做一条水草，在

柔波

感受牛头山的水

江南中醉美

武义是古建的家

熟溪廊桥是一顶八百年的花轿

璟园，俞源

读不完古人智慧

真该去延福寺听听唐宋钟声

到明招山向吕祖谦、朱熹问道求学

那是我们中华文化之根

错过的已经不少

但那支《小苹果》

让我们重新追梦

重回青春

献上一束百合

大红岩作证

让我们再次相约

一亿年等待

红颜不老

二〇一五年十一月十八日

附：

再别同学①

王 涛

重重地我走了
正如我重重地来
我重重地招手
作别台阶上的同学

那璟园的古屋
是夕阳中的新娘
旧日里的情谊
在我的心头荡漾

牛头山的碧水
悠悠地在石上飘摇
在武义的柔波里
我甘心做一条水草

那清水湾的一潭

---

① 仿徐志摩诗《再别康桥》作。

不是温泉
是天上虹
欢笑在碧浪间
回味着青涩的梦

寻梦？舞一支《小苹果》
向记忆更深处漫溯
满载一船星辉
在星辉斑斓里放歌

虽我们都不再年轻
如沟壑的皱纹
也无法挡住
我们相聚的脚步

匆匆地我走了
正如我匆匆地来
我挥一挥衣袖
带走你所有的心怀

二〇一五年十一月十八日

相约纽约（二首）

初　遇

有一个心愿

想到帝国去走走

看看那里的碧水蓝天

呼吸那边的清新空气

和自由女神合个影

再走进华尔街

读一读金融这部大书

沾一点纽交所门前金灿灿的牛气

2017的金秋

我们如约来了

从上海面签到机场烦琐的安检

帝国处处透着凌人的霸气

经历十四个小时疲惫的飞行

到达了还是10月29日这一天

雨水淅沥

朋友却说　贵人出门带喜财

从虹桥浦东到纽约肯尼迪机场

两相对比　帝国有些老迈和无奈

中华崛起　绝对是个奇迹

走进联合国大厦

内心有点激动　几分自豪

这里承载推进地球村发展重任

守护着世界和平

聆听联大一小段会议

看着安理会一圈圈的座席

我忽然明白

过去和未来的一个个决议

中国那一票的意义

二〇一七年十月三十日

盛 典

联合国广场

希尔顿千禧酒店

琴音悠扬

歌声豪迈

异国情调的颁奖晚宴

在乐队优雅的伴奏中

开场

一身阿拉伯盛装

哈马德用本民族的服饰

宣示主持活动的隆重和端庄

白皮肤黑皮肤黄皮肤

白头发黑头发金丝发

澳洲非洲到欧亚美洲

联署官员多国市长各界精英

大家相约纽约

在一号大道

探讨可持续发展目标

发表绿色范例新城倡议

为永无止境的城市发展
开方献计

六个层面
二十三个奖项
从住宅小区到旅游景区
从城市形态到微观案例
大家用不同的语言
讲述低碳绿色的故事
诠释生态可持续的主题
飒飒大奖
全球绿色城市——中国武义县
德国曼海姆市和印度尼西亚泗水市
三家得冠
斩获殊荣

安瓦尔·乔杜里大使
联合国前副秘书长
亲手将奖章挂我胸前
把奖杯授予手上
大使满目慈祥

微笑如春风拂面

言辞洋溢肯定和期望

当我们两手紧握

霎时间　光影闪烁

此刻的武义

走出中国

走到国际舞台中央

奖杯在同伴手中传递

信息在大洋彼岸远播

生态绿色武义

多少人魂牵梦萦

几代人不懈努力

既往已往

未来即来

我们明白

绿水青山

得像眼睛一样去呵护

我们将守护你

直到永远

二〇一七年十月三十一日

/// 联合国前副秘书长安瓦尔·乔杜里大使授奖

/// 论坛秘书长(左四)、颁奖典礼主持人(左三)与武义代表团合影

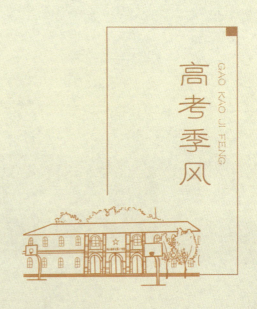

高考季风

GAO KAO JI FENG

水 仙

不沾污水而生
正是你的高雅

佳 人 颂

天生冰肌玉质体

秀眉丹唇何须脂

惊羞嫦娥奔月去

胜过贵妃逊西施

一九八五年四月一日

思 友 曲

出室欲迈步　　回头生别绪

独跋上关山　　往事心中缠

溯想昔日时　　晰显友英姿

孤立桥边风　　凭栏眺友身

但见山雾腾　　不闻友音声

低头茫然心　　溪水起涟漪

挂帆破浪滔　　壮志酬九霄

好日逢时来　　重聚叙今朝

一九八五年四月四日

望白水飞瀑

白练飞泻彩云间
千仞鹰崖若等闲
男儿当怀男儿志
处世何畏处世艰

一九八五年四月十三日

/// 浙江余姚观堂村白水冲瀑布

/// 武川茶园

空

九曲人生路　何处是归宿

馁者何其多　得志几能够

不问天下事　求平安无事

万情不吱声　但了此一生

一九八五年七月十日

/// 秋月

秋 夜 月

瑟瑟万木凋

惴惴独我怅

月沉池心明如镜

镜映吾心

一九八五年十月十七日

霹 雳

秋冬雷声隆　人心动

却小孩　理儿不懂

第一声劈天为二　手冷心抖

接着雷电交加　目瞪口哑

过后入梦酣　桃园畅游心里蜃楼构

却不防回龙暴雨　正落心头

桃园没蜃楼走　共化乌有

然猴王跟斗　无缘蹉跎

一九八五年十一月十五日

咏石榴（二首）

（一）

劝君莫为此花恋

腊梅飘逝百花艳

更待来年五月时

石榴自会红眼前

一九八五年十二月二十六日

（二）

石榴花小望勿嫌

浑身烈红胜火焰

芳草本凭精巧胜

吊钟牡丹羞无颜

一九八五年十二月二十八日

不凋的奇葩

这里有一朵花

我要说　她是世间奇葩

说不上玲珑

称不起精巧

也不算　硕大

但　这正是我的心愿

朴实无华

我不知　她名该叫啥

玫瑰？

那心胸太窄

当我想吻她时

会用满身的刺

把我来扎

牡丹？

你这花中之王啊

在人们的吹捧声中

也摆起了圣驾

自命高雅

Oh my dear
我该如何作答
终于　我明白了
你
不需赞　毋用夸
唯愿我俩携手
共筑理想之大厦

我心中常开不凋的花
你是世间奇葩

一九八六年元月六日

心　胸

里面是昏沉的温室
外面是凛冽的严冬
囿于这里一点
放眼那无际的长空

一九八六年二月二十二日

/// 夕照长空

春 雨

我坐在窗前
抬眼望向窗外的田野
哟　碧绿的一片
不！那根本就无际无边

晴朗的天
不见乌云半点
怎地忽又翻了脸
飘起细雨绵绵

由断而连到线
无丝毫儿收敛
大地　细雨　上天
像情人般缠绵

春雨　你对大地眷恋
天下因你而欢欣
大地　百花开遍
哈！芳馨渗心田

一九八六年二月二十四日

愁　思

与友挽手溪边走
缓缓水自流
春风轻轻舒娇手
千里送温柔
忽见前面风筝舞
往事浮心头

看那放线小朋友
那神情和劲头
分明是时光倒流
你我在争斗
唉！怎可如此荒谬
枉费了几多年头

抬眼凝望远山秀
但愿春常留
脚下路在修
眼前起高楼
低首细看我依旧
心里愁更愁

初春凄凄似残秋

劲风曳垂柳

觅谁诉我心中愁

四外　空悠悠

一九八六年三月八日

雨 夜

夜阑卧听风雨声

独我难入梦

扪心追忆少年事

骤雨销我魂

跻身众生济众生

无事穷添恨

何待鹏程展万里

多情日边梦

一九八六年三月二十七日

杨　柳

你是河边小杨柳

清风和煦你招手

一粒黄芽兆春意

最风流

一九八六年四月二十七日

/// 春景

题赠江李武

雨后绚丽彩虹

别后真诚友谊

更待来日相聚

你我皆大欢喜

重觅今朝形迹

几多美好记忆

啊　人生得意

何比醉在友谊的歌海里

一九八六年五月三十日

愿

是六月的信风
鼓起希望的白帆
远方的地平线
在一片温馨的霞光中挪动

一九八七年六月二十一日

/// 落日

朝晖相映

离群的孤雁

孤鸿

在旷漠的天宇里遨游

一声清亮的嘹唳

唤回远去的绿洲

一九八七年六月二十日

玉泉·保俶塔·黄龙洞

连日淅沥空澄濛

一时开霁誉天公

未知今朝又添岁

赴邀欣欲跨北峰

闲步植园矫阳碎

荫护绿坪三酒翁

欲返客狂兴未尽

更登觅古访塔钟

极目顿觉天下小

何忍湖心点点舟

寻径探幽巉岩险

汗淋股怠心飞奔

岩顶海阔天澄碧

指点九州万物荣

葛岭深谷虚神鼓

仿古园内传心钟

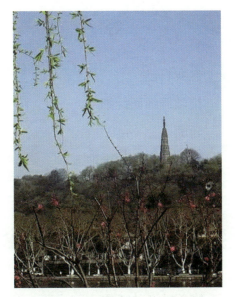

/// 保俶之春

但见黄龙云吐雾

凝眸嗟叹武穆冢

劝君功名身外物

毋宁黄山一雪松

一九八七年九月十三日

等

怨我自己
情丝缠绵而纤细
斩断了
踏上那焦灼的土地
徒留下一泓清泉
却点点滴滴

你曾答应　回来
带着勋章的凯旋
我说　一定　吻你

缥缈
绿坪和树林
幻成甜甜的回忆
南方的血霞
可是战火正急

弃却少女的矜持和羞涩

寻觅

渴盼大雁一声嘹唳

英魂——归来兮

一九八七年九月二十七日

孤 鹰

——答朱武

你送我一幅
杰作
我目瞪口呆
——孤鹰落枯枝
惊叹你
轻入我心扉
然而　你恼怒
俊才何自老愚昧
——鸿雁栖古树
偏曲得面目全非

可我仍固执
猫头鹰变大鹏鸟
不　不对

一九八七年九月二十九日

国　庆

卅八弹指一现，昨日缔造中华。
当初舍生勇拼杀，而今举杯大厦。

急眼热观发展，迟缓错怪文化。
改革开放树灯塔，拭目明朝腾达。

一九八七年十月一日晚

静　夜

幽寂闲室独坐，膝抱吉他漫弹。
抬首窗前明月光，心海一片迷茫。

追忆二十韶华，慨惜时日轻晃。
张臂迎风鼓征帆，彼岸浪静港湾。

一九八七年十月一日

湖 心 亭

离离湖心亭，缥缥镜面舟。

居士桃花东坡柳，任尔春秋冬夏赏不够。

芳馨悄自殒，斯心正独愁。

犹忽梦醒小瀛洲，莫辨东西南北对空楼。

一九八七年十月二日

看　湖

广寒宫深寂姮娥，烛银旷野琼宴。

玉桂香馨幽径园，剪风摇近树，素彩隐远山。

人塞西湖水不流，情客何止万千。

绿坪弦和泉轻泻，酒尽情犹在，更残人莫喧。

一九八七年中秋

秋　残

四野草枯花自了，乔杨落叶，金桂馨香消。
细雨缠绵西山绕，朦胧此时更妖娆。

貂皮裘毛竞风骚，玉质冰肌，丽人心更俏。
探首芳颜窗帘挑，回眸四目嗔懊恼。

一九八七年十二月十四日

别　离
——送东英返衢致逢越

似飞　　在
蹒跚　　载着
愉悦的欣慰　　载着
依依的惆怅

庄重的橘黄　　重叠了
拖长的身影

来不及说上感谢
没道声珍重和再见
上帝啊　　炭雪火冬　　为什么
安排有别——离

风　　感谢你

一九八八年一月三日

附：

致　友

谢逢越

浙水东行，忆往昔，佳侣双依。

薇业毕，"桃园"垂泪，相思两地。

灵峰春梅依旧闹，山城幽叹随风寄。

望长空，想君游学成，相偎日。

共三载，真情厚，同茶饭，胜兄弟。

问鹏程初起，可愁天窄？

但报银鹰击云水，劲松拔挺悬崖屹。

踩高山，挥手动苍穹，鬼神泣。

老谢逢越作于庚午年夏

雪

纱帘苍茫天色濛

紧风舞絮任从容

蜡冠青枝真雪松

西望操场席素绒

一九八八年一月二十六日

戒

早上小说与杂志
晚上扑克和电视
明日拜客又访友
后天盛会歌舞酒

借问今明有几何
笑答世事太坎坷
今朝有酒今朝醉
及时行乐万念毁

慨叹丧失鸿鹄志
豆蔻年华无所事
白首追忆少年时
痛悔虚度终嫌迟

劝君低首扪心思
戒之慎勿乐及时

一九八八年三月二十九日

题松鹤图纸扇

妙手描丹青

鹤起松涛绿

笑摇逍遥扇

愁过耳边风

一九八八年七月一日

断桥残雪

蹒跚春迟意难断

遥待夏夜倚长桥

西泠秋菊荷叶残

湖心冬风舞洁雪

一九八九年元旦

平湖秋月

皓皓苍穹，嫦娥贪恋广寒宫。
隐隐孤山，伊人暗觑俏形容。

怎见得，镜面微波；
更看彼，霓虹灯处。

银世界，玉乾坤，望中隐隐接昆仑。
湖心亭，三潭月，烟波渺渺疑瀛洲。

一九八九年九月十五日

登源口水库大坝

漫漫碧波处，溶溶感君情。

堤岸露花林峦叶，赏不及天外云目前景。

万般皆下道，读书犹堪怜。

败荷町畔旧湖山，怎敢忆他日情壮怀音。

一九八九年十月十五日

无　题

长江风雨泣千秋，秋秋日无头。

逍遥轻舟今何在？

楚天迷大雾，九州尽哀愁。

相见时难别更休，举杯对浊酒。

自嘲胜败兵家事。

输却一腔血，最后数风流。

一九八九年十一月七日

赠 友 人

殊途相逢知却深

山川阻隔情更诚

书生交贫赠无物

难得此心悬津门

一九九〇年一月十二日

/// 一九九○年拍摄于浙江工学院，后排（右一）为作者，前排（右一）为作者的
妻子（当时为女友）傅薇莉

薇风来了

WEI FENG LAI LE

悬　念

天冷了　薇

你的纤弱

能否经得住这突袭的寒风

这里是岩缝

扎根吧

弃却那沉郁的阴云

山

依然沉默

只是那隐现的傲然

继续延伸

闻到了潮润的气息

听到了脚步的节奏

希望

盛开在新朵的芬芳

　　　　　　　　　一九八八年元月十五日

那叶银杏

——致薇

你寄来一叶银杏
奉上基督徒的虔诚
——鸳鸯白头
感谢你　爱神

我收到一片银杏
殿堂更比基督神圣
——出水并荷
茎叶生同根

你说　碎过的心
挟带斑斑泪痕
朋友告诉你　泪水能擦亮人的眼睛
天宇金盘一轮

你告诉我　云重雾沉阴雨纷纷
天濛濛　何畏？

高山流水
真诚

你告诉我　爱不求形影随身　何须
海誓山盟
两颗心
彼此信任

春
我不再孤自一人
心容钱潮的咆哮　却
轻柔无声

一九八八年三月七日

钱江之夜

——致薇

钱塘江滩

凝望远方地平的深邃

那蓝灰色的朦胧

孕含着无穷

借流水带去一江问讯

海　可是同样的内容?

钱塘江涛

欢弹着跳跃的节奏

从古老悠远中奔来

那红色白色的辉煌

可寄着一个完美的宇宙?

引航

拖长音的小号

航灯划破凝重的江雾

驶向新的目标

不暗的夜啊　谁说单调?

江边路很长　很宽
在路边捡拾着旧日的童话
种下一颗今天的红豆
任江风凛冽
倚抱着　两个傻瓜

一九八八年三月十六日

爱的心迹

寻觅

于苍苍尘世茫茫人海

终于

我们幸遇

在钱塘的江潮江风

相互

研读着一部

永恒的诗著

回头

我不再仅属于自己

一九八八年六月十九日

紫茉莉与野蔷薇

那日在花圃
我惊于满园春意
朋友说：你变了
红色是蔷薇的诱惑

高尚啊！我无语
但仍渴求那茉莉
世人皆浊我独清
白色是纯洁的象征

没有秋菊的富丽
没有墨色的庄重和高贵
赤裸
拥有素色的真诚

阿尔斯特的荒野
曾留下诗人的忏悔
含悲忍泪
那是别人的历史

初夏的蔷薇脱去满身尖刺

呢喃

笑品茉莉香茶

仍在杭州花圃

一九八八年十月二十二日

/// 一九八八年作者拍摄于杭州花圃

赠　言

爱是一种相互间的和谐

它消融了理解和信任

以及一切情感

记得那天在花圃

朋友告诉我

"红色是蔷薇的诱惑"

一切都是命中注定

要怨你就怨上帝去吧

西湖的夜静谧

植物园的天蔚蓝

让钱江水载上我的祝福

明天会比杭城更美

一九八九年六月二十三日

/// 一九八九年作者与傅薇莉摄于杭州西湖

相　思

赏春西湖边

惜梅超山前

呢喃心深处

相思又一年

一九八九年十二月二十六日晚

寄给远方的生日

很久很久以前
很远很远的伊甸
你来了

牛头山的苍松翠竹
和着白水泉瀑
养育了你
铸就纤弱躯体内
那始终倔强的灵魂

哦
大山的女儿
你的外表是朴实
你的特点是沉稳
你的本质是奉献
你因无欲的善良
换取一份份并非无谎的坦诚

渴盼的双眼
在日复一日的期待之中
圈上黑晕

默默地
你没再奢求
为了他的一种实现
独自在本该双行的群峰间　攀援
他的名字
支撑着
你整个的信念
在天与海的尽边
凭一条打结的绿线相连

寄上一把吉它
一片粉红的思念
荧屏跳跃的字符
幻成你干涸的泪腺
削瘦的双肩

请忘却……

记住并保持你我

无言的和谐

一九九〇年五月十八日晚

/// 一九八八年傅薇莉摄于杭州采荷新村

人间草木

RENJIAN CAOMU

假　山

傅式小庭院　　内有大乾坤

层峦叠翠嶂　　飞来五老峰

白练天池落　　仙雾弥腾腾

赤楠展神姿　　笑迎八方朋

二〇二二年十二月二十四日

鱼　池

建营锦鲤苑　滤格层复层

池底暗流涌　水面碧波澄

忽见粼粼动　悠然现鲤群

再顾霓虹起　疑入龙宫门

小 景

小丘三石笋　相伴有红枫

一树蜡梅黄　暗香萦周身

众仙围炉坐　老茶当酒烹

真意何满满　欲罢却不能

紫　薇

家里野蔷薇　墙外紫薇栽

花开百日红　紫气自东来

百年参天木　辅映茶与玫

本是连理枝　爱爱俩相偎

蜡　梅

墙角栽蜡梅
傲向北风开
霜雪压不住
暗香透窗来

天　竹

园中南天竹
身姿多婀娜
素墙霜雪色
不墨自成图

野 柿 子

老桩老鸭柿

新枝金弹子

红惹仙人醉

欲摘不忍食

小院有感

傅工营筑小庭院

精雕细琢造经典

山水布局有韵致

极目即景皆洞天

清风对月本无价

暖阳于卿却含情

无怨卅载兴水事

不意再起新峰巅

二〇二二年十二月三十日

春

癸卯二月闰

满园尽是春

春兰透窗馨

枫叶初妆红

红柚满枝蕾

究竟为谁开

开怀仰天笑

铁哥策马来

二〇二三年三月二十五日

盼　秋

春播一粒种
秋收万石谷
牡丹花中王
建兰满园幽
肉肉盈盈笑
锦鲤自悠游
长者有期许
当熟一树柚

二〇二三年三月二十五日

朱 槿 红

小院本雅致
何处无心思
陶兄言素洁
冒雨栽新枝
朱槿花艳艳
朵朵惹人痴
碧水映赤霞
锦鲤动清池

二〇二三年八月二十九日

附：

和木子《朱槿红》

陶锡忠

李府别院绿葱茏

柏遒松劲泉叮咚

君自得意鲤自乐

唯缺夏花一抹红

寻阳山居花正好

槿红梅艳荷香浓

陶家扶桑姓李去

稍添妖娆万绿丛

二〇二三年八月三十日

兰

一分小庭院

倾心百花园

人说我花痴

我却独爱兰

闽粤求素心

山间寻梅瓣

花发蝶先忙

我自享幽香

二〇二三年九月十七日

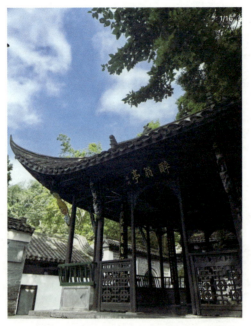

/// 醉翁亭一角

琅琊山纪行

滁州琅琊山　风流越千年

范公忧天下　文忠谱新篇

醉翁不在酒　只缘牵手间

钟声传悠远　古寺作证鉴

二〇二四年二月十四日

滁州南湖灯会

游却琅琊山　再赴滁灯会

人涌城墙上　龙游滁河水

江边舞烟花　湖心幻瀛台

绿液飘醇香　滁人半城醉

二〇二四年二月十四日

/// 滁州南湖灯会

钟意花田

春分时节万物生

花田美地放眼春

千顷茶海漾新绿

十里樱霞舞缤纷

乡野城堡花起秀

满园金香誉新人

亲朋举樽齐称贺

钟意李愿结鸳盟

二〇二四年三月二十一日

用光阴写诗

李杨勇

应该是2018年8月31日，女儿让我一定要回家吃晚饭。回家已经迟了，有我两个同学在。上桌后先端来的是一大碗鸡蛋面，女儿说：今天是我生日，她和妈妈要给我一份生日礼物，然后就让我猜是什么。当她将一枝红玫瑰和一本用红丝带精心包装的《那年晨曦》送到我手里的时候，我感到特别惊喜。太意外了，之前她们从没有向我透露过。很多年以前，薇将我给她写的信件装订成册，有好几本，诗集中的文字应该是她从中摘录整理的。共同走过这半生，彼此间已不需要过多的言语表达，但这是她与众不同的一份深情、一份心意。

前些天，她们说要将这些文字印几本出来，我感到很为难。回头看年轻时的文字，都是随手写在日记和来往信件上的，肤浅、率性、情绪化，大多不曾认真推敲。说是诗作，用以示人确实有点拿不出手。但是当看完那天女儿发来的她为《那年晨曦》写的序以后,我答应了,因为这已经不单是我的事,而成了我们仨的事,我们家的事。就冲序里的满满真情,就冲序里的动人文字,就冲序里展示的文采和情商,我的文字如何已经不重要了。

回想过往的岁月,有诗的光阴真的很美好。参加工作以后岗位换了一个又一个,没日没夜地忙,人被工作压麻木了,诗也就被留在了远方。想当初被分配到桃溪,团委工作倒是省市先进,但忙碌的现实与诗意的理想反差实在太大。调组织部工作,基本天天都在加班,选派了一批又一批干部到发达地区学习,干部思想观念的转变对武义之后的发展还是起到了很好的作用。当时连续几年,我都要去翻大学毕业生档案,挑选上好的苗子并带着到乡镇去学习调研,现在那些人个个有出息,倒也觉得欣慰。

调任团县委书记是我的新起点。在县委办干了一年多后被调到桐琴,后又至泉溪,开发了桐琴五金机械园区和泉溪金岩山工业区。在武义大开发的时代,能在桐琴、泉溪这两个武义经济发展的主战场轰轰烈烈地干上几年,那是我的幸运。2004年调柳城工作,那时的柳城很萧条,我可以说是受命于危难之际。现在想来,我当时提出凭"十里荷花 百里森林 千年

古刹 万亩茶园"搞旅游,还是有远见的,与之后全县发展的战略布局完全契合。然而,在乡镇党委书记岗位上那么些年,心里装的都是责任和担当,哪还装得下诗?抑或那些日常的忙碌和肩负的责任,本就是工作和生活中最本真、最朴实的诗句。

从2007年初当选县政协副主席,到人大常委会副主任、副县长、县委常委、常务副县长,武义县四套班子我算都干了一遍。我深知自己不是那种特能干的人,所以这么多年来始终坚守"小胜靠智,大胜靠德"的信念,更加踏实勤勉、加倍努力地工作,希望不负组织、无愧父老。

今年是新的甲子,世界发生了很多大事。年初的新冠疫情让人措手不及,我和无数基层工作者一同站在了防控前线,通宵达旦,严防死守,终是守住了"武义无疫"的承诺。元宵节夜半归家时,我在相约杭州群里发了一段感慨和祝福:

"从年初三至今,每天早上七点半出门,半夜回家,要不是家人提醒叫我吃碗汤圆,真不知道今天是什么日子。走在街上,看不到灯谜龙头,听不到爆竹看不到烟花,没有涌动的车流和人潮。街上空荡荡、静悄悄,唯有熟溪流水潺潺。往日璀璨的霓虹,透着令人心悸的寒意。期待的圆月,迟迟不肯正大光明地登临。庚子新冠之疫,卡点堵截防输入,市民居家防感染。唯有寂静!也算岁月静好吧,祝各位安康!"

当时,群里的人都向我表示慰问、给予点赞,还有朋友提议该来首诗《寂静的春节》,只是我当时确实太累,到家就睡了。回想当初,确有感慨,却实无精力,也没那写诗的心境。到了国庆假期,街上的车来人往、各大景区的人头攒动似乎又都回来了,中国的经济已经满血复活!我真庆幸自己生活在这样一个伟大的国度!更庆幸自己能为伟大祖国的繁荣和复兴略尽绵力!一切的美好都是需要付出和奋斗的,我非常感谢每一位奉献者,也为自己几十年来辗转各处依旧初心如磐而欣慰。

蹉跎至今竟也到了知天命的年纪,期待着能早一日归园田居,回到乡下那贴着"风声读竹韵 月影写梅痕"的小院,过上"朋来相契深谈道,客去收心静养神"的诗意生活。回头想来,入世是诗,出世是诗,心正意平,岁月是诗。

昨夜冷空气来了,带来一场秋雨。早上起来,庭院里满是飘落的桂花,我不由想起自己前些年写的那首小诗:"昨夜起秋雨,泉城蒙薄纱。远山无秋色,满庭铺金花。"桂花谢了,那老家的银杏也该黄了吧。岁月流淌,最忘不掉的还是故乡的山水、故乡的人——我的故乡曳坑是个不足千人的小山村,但那茂林修竹、溪流婉转、山势形胜,村口的狮子山和象鼻山牢牢守护着全村。前些年,村前的锦溪上修了座廊桥,别致雅观却总让人觉得还缺点什么,后请了县诗词楹联协会的朋友去村里考察,

现场赋诗作对,竟出了不少佳句。书家将对联刻于廊桥柱上,锦溪桥一下就有了灵魂:

境遂武陵　卧狮藏象
风犹泗上　起凤腾蛟

周末该约上三两好友一起回乡下老家去看看了,秋天的银杏林应是最美的风景、最好的诗。

李杨勇
二〇二〇年十月十八日凌晨

/// 二〇一八年八月三十一日作者全家欣赏打印版诗集

又记

李杨勇

　　《那年晨曦》,是妻子和女儿送给我的生日礼物。妻子薇莉从我早年的日记和书信中,整理出即兴而作的近百首诗作,背着我精心编辑;女儿李茜写了序言,设计了封面,印刷装帧成册,在我生日的家宴上呈送上来,给了我一个大大的惊喜。

　　亲朋好友读了私人定制版的《那年晨曦》,都怂恿我正式出版。随着岗位变动,感觉生活增加了许多诗意,诗绪也格外地流畅。仲春,女儿订下了终身大事;中秋,女儿女婿要举行婚礼。这是女儿女婿送给我们夫妻俩最最好的礼物。喜出望外,又即兴作了《钟意花田》等几首小诗,增补进诗集。删除了之前一些关联性不大的诗词。赶在女儿婚礼前正式出版,聊作父亲给女儿女婿和亲友们的一份薄礼。

　　诗集的编辑出版,妻子傅薇莉倾注了大量心血;女儿李茜画了很多精美传神的插图;陶锡忠、王基高等朋友和我们一起讨论出书方案,提出了一些好建议;章馨文老师和编辑同志精心编辑,指导修改,在此表示衷心感谢!书中照片,除特别注明之外,都为作者本人或身边亲友拍摄,亲友均已授权本书收录,对提供者一并致谢!

/// 全家福（二〇二四年三月二十一日拍摄于花田美地，后排右一为作者）

/// 女儿订婚日与亲朋好友合影（后排第一级台阶上左四为作者）

图书在版编目（CIP）数据

那年晨曦 / 李杨勇著. -- 北京：国文出版社，
2024. -- ISBN 978-7-5125-1706-6

Ⅰ．I227

中国国家版本馆CIP数据核字第2024E9Q762号

那年晨曦

作　　者	李杨勇
责任编辑	苗　雨
策　　划	书道闻香
责任校对	凌　翔
装帧设计	书道闻香
出版发行	国文出版社
经　　销	全国新华书店
印　　刷	北京鑫瑞兴印刷有限公司
开　　本	880毫米×1230毫米　　32开
	4.75印张　　73千字
版　　次	2024年9月第1版
	2024年9月第1次印刷
书　　号	ISBN 978-7-5125-1706-6
定　　价	69.80元

国文出版社
北京市朝阳区东土城路乙9号　　　邮编：100013
总编室：（010）64270995　　　传真：（010）64270995
销售热线：（010）64271187
传真：（010）64271187-800
E-mail：icpc@95777.sina.net